AF260052

LA GUERRE D'ORIENT,

POÈME,

PAR

OWINSKI COUTURES.

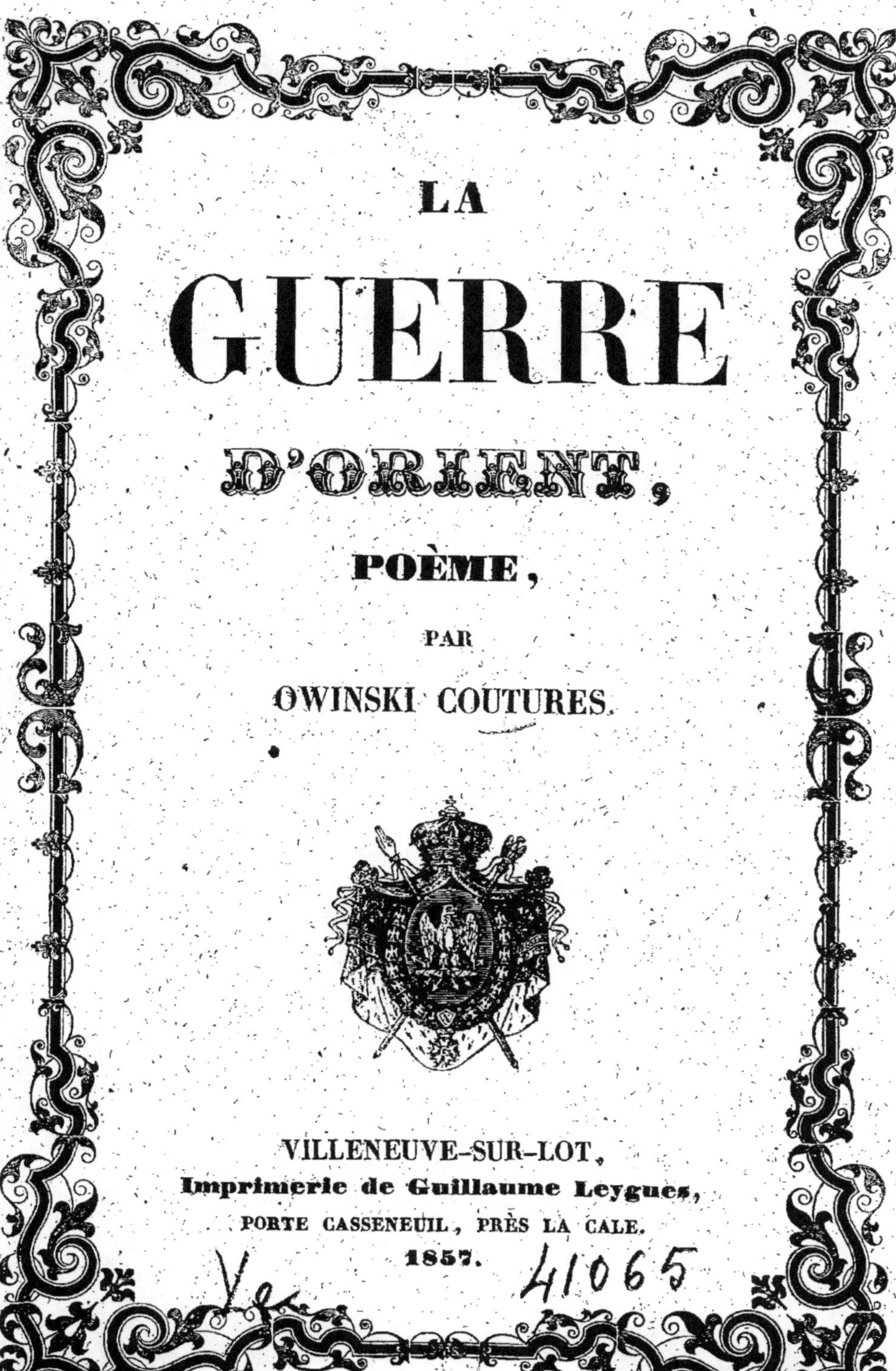

VILLENEUVE-SUR-LOT,
Imprimerie de Guillaume Leygues,
PORTE CASSENEUIL, PRÈS LA CALE.
1857.

LA GUERRE

D'ORIENT,

POÈME,

PAR

OWINSKI COUTURES.

VILLENEUVE-SUR-LOT,

Imprimerie de Guillaume Leygues,

PORTE CASSENEUIL, PRÈS LA CALE.

1857.

LA GUERRE

D'ORIENT.

Souvenez-vous que c'est la paix de Teschen
qui a servi de contrepoids à l'empire du monde.
(CHATEAUBRIAND.)

Jadis un superbe empereur (*)
Enorgueilli de sa puissance,
Jetait à l'univers ces mots d'un ton vainqueur :
« Voici la route de Byzance ! »
Et le monarque conquérant,
Pour pouvoir en tous lieux dominer sans entrave
Et traîner à son char toute l'Europe esclave,
Seul, se faisait appeler grand !
Et puis sa fureur sanguinaire,
Lançant au loin ses bataillons,
Voulait un drapeau fait de l'immense suaire
D'un peuple entier de nations !

Deux siècles ont passé sur sa cendre paisible
Sans terminer encor une lutte terrible ;

(*) Pierre le Grand.

Le Turc, n'espérant plus de trouver un vengeur,
Semblait dormir en paix sur un volcan rongeur.
Tout à coup Nicolas, armé de son tonnerre,
Vient au bruit du canon épouvanter la terre :
Et foulant à ses pieds les plus augustes lois,
Jette un défi sanglant à tous les autres rois.
Le prince Mentschikoff, instrument de sa haine,
Vient du sépulcre saint réclamer le domaine :
Forcer les Ottomans à plier le genoux
Ou redouter du Czar le terrible courroux.
Mais alors le Sultan, abjurant les alarmes,
Aima mieux cette fois tenter le sort des armes
Contre tous les efforts d'un injuste oppresseur
Que de vivre sans gloire et mourir sans honneur !
Or, Nicolas joyeux pense dans son délire
Que le temps est venu de broyer cet empire ;
Qu'il est seul désormais maître de son destin.
Aux Anglais il promet une part du butin :
A d'autres nations il fait craindre sa rage
Pour qu'on le laisse aller sans troubler son passage.
Puis quand il se croit sûr de tous les autres rois,
Il part, sans voir le nom de Napoléon trois.
Comme ce fier mortel qu'éblouit la présence
Du dieu dont il ne peut concevoir l'existence.

L'aspect de ces fiers oppresseurs
Semble effrayer toute l'Europe ;
Et les coups de canons partis devant Sinope
Ont retenti dans tous les cœurs.
A cette fureur sans pareille

L'Ottoman indigné s'émeut et se réveille
    Pour venger ses droits méprisés,
Non plus comme un rocher battu par la tempête,
Qui n'est dans l'Océan que pour prêter la tête
    A la fureur de ses flots déchaînés ;
Mais on le vit bientôt au sein de la bataille
Affronter sans trembler le feu de la mitraille ;
Et laver fièrement l'insupportable affront
Que le nom de Sinope imprima sur son front.
Puis il appelle enfin la France et l'Angleterre.

Nicolas peut choisir ou la paix ou la guerre....
Mais les combats flattaient son cœur ambitieux ;
Il choisit donc la guerre... il l'eût faite à des dieux !!!
Il croit que désormais il n'a plus rien à craindre
Et que les Ottomans seront bientôt domptés.
Oui, mais où nos canons au loin pourront atteindre,
    Ils devront être respectés !

    La lutte sera bien terrible ;
    Mais le Français est inflexible
    En face de tous les dangers ;
    Comme un fleuve qui dans sa course
    Ne revient jamais vers sa source
    Pour ne point trouver de rochers.

    Saint-Arnaud, soldat magnifique,
    Formé dans les déserts d'Afrique,
    Doit par des faits encor plus beaux,
    Dans cette lutte sans seconde,

Faire voir aux deux bouts du monde
L'antique honneur de nos drapeaux.

Au premier signal de la guerre
Lord Raglan, guerrier d'Angleterre
Vieilli dans cent combats divers,
Doit aussi dans ce grand orage
Par son invincible courage
Rendre la paix à l'univers.

Et ces deux peuples dont l'histoire
A si souvent mêlé la gloire
Au milieu de tant de combats,
Vont maintenant combattre ensemble,
Car c'est l'honneur qui les rassemble
Sur le champ même du trépas.

Déjà des ennemis les troupes fugitives
Ont vu nos étendards paraître sur leurs rives :
Et celui qui croyait ne s'arrêter jamais,
Ose fuir maintenant et douter du succès.
Odessa n'était plus ; et laissant Silistrie,
Le Russe allait ailleurs défendre sa patrie.
Mais un autre ennemi, le plus cruel de tous (*),
Abattait nos guerriers sous ses terribles coups.
Presque tous succombaient sous le poids de sa rage :
Mais tant de maux divers augmentant leur courage,
Ils voyaient fièrement tous ces combats nouveaux,
Et regardant le ciel, ils mouraient en héros !

(*) Le Choléra.

Héritier d'un grand nom dont il est l'espérance,
Ney succombe en pensant au bonheur de la France ;
Et toujours brave, il voit approcher le trépas
Avec le même front qu'il volait aux combats.

Mais pour briser plus tôt un pouvoir despotique,
D'autres guerriers s'en vont aux bords de la Baltique.
On se hâte, on s'empresse, et déjà l'Empereur
A par ces simples mots allumé leur ardeur :
« Intrépides guerriers, espoir de la Patrie,
« Que votre gloire au moins ne soit jamais flétrie ;
« Et qu'un jour votre nom se mêle au nom si beau
« Des vainqueurs d'Austerlitz, de Wagram et d'Eylau.
« Les vœux des cœurs français seront votre cortège ;
« Allez, mes chers enfants, allez, Dieu vous protège ! »

Bientôt s'élève un bruit vainqueur :
Bomarsund a courbé la tête
Dans un sublime jour de fête (*)
Au cri de vive l'Empereur !
Et puis notre invincible armée
Aux bords lointains de la Crimée
Va cueillir de nouveaux lauriers.
L'ennemi comptant sur le nombre,
Croit qu'il suffira de son ombre
Pour effrayer tous nos guerriers.

Pensant que sa valeur n'aurait point de rivale,
Mentschikoff poursuivait sa marche triomphale.

(*) Le 15 Août.

Déjà la foudre des combats,
Donnant le signal du carnage,
Vomit la mort sur son passage
Au milieu de tous nos soldats.
On avance, on recule, on se mêle, on s'empresse,
Comme dans une mer sans fond
La vague disparaît sous le flot qui la presse
Avec un tumulte profond.
Au milieu des boulets, du sang et de la poudre
On court avec fureur au-devant de la foudre.
Là, ce sont des guerriers que l'on entend gémir ;
Et ces braves soldats oubliant leur souffrance,
Disent en expirant : amis, c'est pour la France !
Passez, soyez vainqueurs, et nous saurons mourir !
Là, ce sont des cris de colère.
Là, le blessé songe à sa mère
Dont le nom si chéri se présente à son cœur.
Pauvres femmes, hélas ! votre âme est attendrie
Au nom de vos enfants mourant pour la patrie.
Et vous ressentez leur douleur.
Consolez-vous et soyez sans alarmes :
Vos fils ont appris à souffrir,
Et des mères là-bas vont essuyer leurs larmes
Pour les aider à bien mourir !

Que de faits glorieux et que d'exploits sans nombre
Resteront pour jamais ensevelis dans l'ombre !
Mais il est cependant un nom
Parmi tant d'autres noms bien digne de mémoire :
Il se trouve partout où paraît la victoire :

Il est aussi Napoléon (*) !
Puis Canrobert, Bosquet, deux guerriers intrépides,
Q'emporta le succès sur ses ailes rapides
      Au milieu de tant de combats.
Et cet autre là—bas que vous voyez paraître
Assis sur un canon : c'est un héros, un prêtre
      Respecté même du trépas. (**)
Saint-Arnaud, consumé par le mal qui l'opprime,
Poursuit jusqu'à la fin son œuvre si sublime
      Sans être interrompu ;
Et la mort qui jamais ne fit grâce à sa proie,
N'osant pas l'arrêter dans cette belle voie,
      Semble attendre qu'il ait vaincu !
Sa mort fait aux Français regretter son courage,
Car dans aucun danger son cœur ne s'alarma :
Mais le héros mourant nous laisse en héritage
      Son nom et celui de l'Alma !
On dirait que pour lui la mort est une fête.
Il est encor suivi de ses fiers bataillons ;
Et l'on voit par honneur s'incliner sur sa tête
      Les drapeaux de trois nations.
Enfin il n'était plus : mais son bras invincible
Avait à Canrobert confié son fardeau ;
Tel un prophète un jour laissait à son disciple
      Et sa puissance et son manteau.

      Cédant à l'ardeur qui l'entraîne,
Canrobert est déjà devant Sébastopol.

(*)   Le Prince Napoléon
(**)   Le père Parabère.

Tel l'aigle s'abat dans la plaine
Quand il a mesuré son vol.
Les ennemis viennent en foule
Pour inspirer plus de terreur ;
Leur masse au loin s'agite et roule
Comme un torrent dévastateur.

Et de tant de guerriers l'audace téméraire
Espère triompher sans avoir combattu ;
Mais le soldat français ne compte d'ordinaire
        Que l'ennemi qu'il a vaincu.
Là se sont rassemblés tous les bruits de la guerre :
Les bataillons serrés heurtent les bataillons :
On dirait que le ciel combat avec la terre
        Avec des foudres pour canons.
        Bientôt une immortelle gloire
        A couronné tant de travaux :
Et le nom d'Inkermann porté par la victoire,
        Vient de briller sur nos drapeaux.
Toujours de Nicolas l'infatigable audace
        Semblait vouloir braver son sort.
        Quand tout à coup une voix passe
        Nous répétant : le Czar est mort !
Ah ! plus on est monté, plus la chute est terrible.
Il voulait se bâtir un trône indestructible.
De l'univers entier faire son escabeau ;
Et son ambition, qui n'eut point de seconde,
Qui voulait à son gré bouleverser le monde,
        Vient se briser contre un tombeau.
Oh ! bientôt, disais-tu, bientôt l'Europe entière

Viendra se prosterner le front dans la poussière ;
Je verrai sous mes pieds mes ennemis vaincus.
Les peuples à ma voix rentreront dans la poudre ;
Mon bras en liberté pourra lancer sa foudre....
    Il le disait.... mais il n'est plus !

Quand déjà du succès il touchait à la cime,
    Canrobert rallentit l'essor.
Mais il n'est descendu de ce faîte sublime
    Que pour monter plus haut encor.
    Car lorsqu'après une victoire
    Son nom fut répété partout,
    Ce ne fut qu'un fardeau de gloire
    Qu'il ne put porter jusqu'au bout.

Pélissier, pour marcher sur de pareilles traces,
Sans s'arrêter longtemps à de vaines menaces,
Tourne vers Malakoff le feu de son ardeur.
Deux fois les ennemis ont chassé leur vainqueur ;
Mais quand Sébastopol sous nos canons s'écroule,
Alors Français, Anglais, tous y courent en foule ;
Mais ils ne trouvent plus l'ennemi d'autrefois,
Et rien ne manque enfin à leurs brillants exploits.

Lorsqu'encor de frayeur on sent trembler la terre,
Aux uns la paix sourit, à d'autres c'est la guerre.
    Au milieu de tant de projets,
  Dans un berceau l'on voit naître un sourire ;
Et l'on n'hésite plus, car l'on sait qu'il veut dire :
    L'Empire c'est la Paix !

Ah! si telle est, enfant, ta première journée,
Tu grandiras bientôt, et dans ta destinée
Tes jours seront comptés par de nombreux exploits.
Mais non, car nos canons, pour redire à la France
        L'instant heureux de ta naissance,
        Ont épuisé toutes leurs voix.
Un ange qu'ici-bas l'on appelle une mère,
Te dira que la gloire est un bien éphémère
        Que l'on peut perdre sans retour.
Il te faut donc ailleurs chercher une couronne,
Eh bien! de tous nos cœurs nous te ferons un trône:
        Tu seras grand par notre amour!

Enfin tous nos soldats oubliant leur souffrance,
Ont déjà reparu sur le sol de la France;
Les yeux à leur aspect se sont mouillés de pleurs,
Car on pensait aux morts en voyant les vainqueurs!

Les larmes ont cessé. La fière Capitale,
Pour guider dans ses murs leur marche triomphale,
Semblait avoir au ciel dérobé tous ses feux.
Tout retentit au loin de vivats chaleureux.
        Et sur la colonne Vendôme
        Ne voyez-vous pas le grand homme
Sourire en les voyant tout chargés de lauriers?
Ne vous étonnez pas si son âme attendrie
Semble animer ce corps si cher à la patrie;
Il reconnaît les fils de ses anciens guerriers.
        Puis tout à coup ces soldats intrépides
Ont cru voir devant eux marcher Napoléon:
Oui! c'est bien le héros vainqueur des Pyramides:
        Il n'a fait que changer de nom.

Ces héros éclatants dont la Grèce est si fière,
Ces Romains dont le nom remplit la terre entière
        Ont envié des faits si beaux;
Et ceux qu'on appela les fils de la victoire,
Alexandre, César, au bruit de tant de gloire
        Ont tressailli dans leurs tombeaux.
Ah! si nos ennemis, conservant leur audace,
Pensent que nos drapeaux n'ont plus aucune place
        Pour marquer des noms éclatants;
Ils les verront bientôt, s'élevant de la terre,
Grandir comme l'amour grandit dans une mère,
        Avec le nombre des enfants!